Laura Lacámara

Floating on Mama's Song
Flotando en la canción de mamá

Illustrated by/ Ilustrado por **Yuyi Morales**

KATHERINE TEGEN BOOKS
An Imprint of HarperCollins Publishers

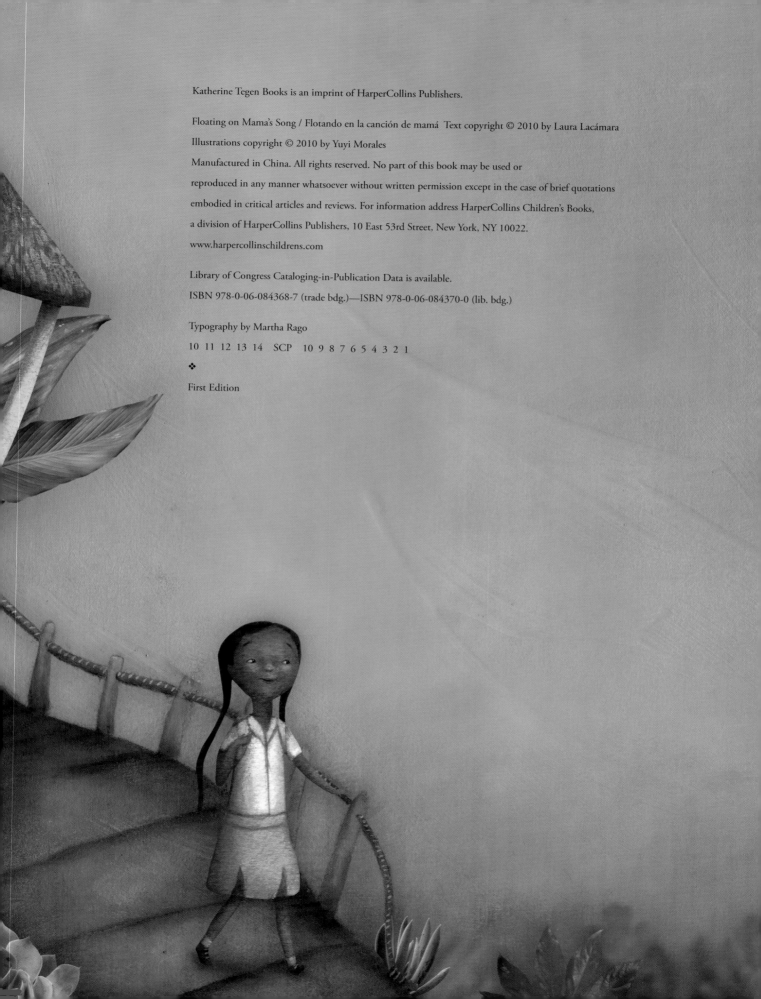

Katherine Tegen Books is an imprint of HarperCollins Publishers.

Floating on Mama's Song / Flotando en la canción de mamá Text copyright © 2010 by Laura Lacámara
Illustrations copyright © 2010 by Yuyi Morales

Library of Congress Cataloging-in-Publication Data is available.
ISBN 978-0-06-084368-7 (trade bdg.)—ISBN 978-0-06-084370-0 (lib. bdg.)

Typography by Martha Rago
10 11 12 13 14   SCP   10 9 8 7 6 5 4 3 2 1
❖
First Edition

To my beautiful mother, Adria,
whose love makes my heart sing
—L.L.

To Socks, who helped us raise our son
(yes, it is true)

—Y.M.

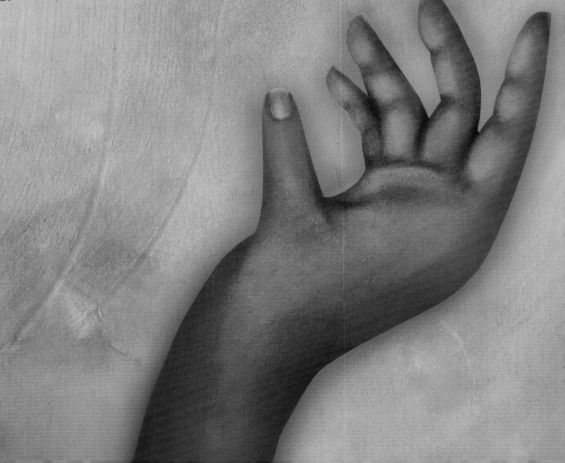

My mama loves to sing. Her singing was always a happy part of everyday life. But everything changed the day after my seventh birthday.

❧

A mamá le encanta cantar. Su canto siempre ha sido una ocación de alegria cotidiana en nuestra vida. Pero todo cambió el día después que cumplí siete años.

When I got home from school that day, the delicious smell of fried plantains and black beans hung in the air. Mama was singing a song from *Carmen*, her favorite opera. When I ran into the kitchen, I froze.

Mama was floating in the air! Outside, our dog, Tito, was floating above the ground, too!

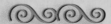

Ese día, cuando llegué de la escuela, noté el delicioso aroma de plátano frito y frijoles negros. Mamá estaba cantando un aria de "Carmen", su opera favorita. Cuando entré a la cocina, quedé fría.

¡Mamá estaba flotando en el aire! Afuera, nuestro perro Tito ¡también estaba flotando!

Mama stopped singing and landed with a thump. *Boom*—Tito fell!

"Mama, you and Tito were flying!" I squealed.

"It's been happening all day, Anita, every time I sing! Singing makes me so happy. I guess Tito likes it, too." We laughed as she hugged me.

I wondered if my grandma knew about the amazing thing that happens when Mama sings? Or Orlando, my little brother?

Mamá paró de cantar y se cayó al piso.

¡Pum! ¡Se cayó Tito!

—¡Mamá, Tito y tú estaban volando! —grité.

—¡Pasa cada vez que canto, Anita! Cantar me hace muy feliz. Parece que a Tito le gusta también—. Mamá me abrazó y nos reímos.

Entonces pensé: ¿Sabrá mi abuelita las maravillas que pasan cuando mamá canta? ¿Y qué tal mi hermanito Orlando?

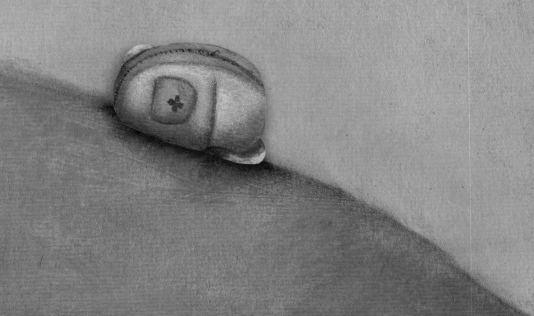

The next day, when Grandma came over for lunch, Mama was singing. Suddenly I was halfway to the ceiling, feeling a giggle in my belly, as Mama's voice rose like a golden staircase. Mama held Orlando's hand as their feet swayed above the floor.

Al día siguiente, cuando abuelita vino a almorzar, mamá estaba cantando.

De repente, sintiendo una risita retozona, me elevé casi hasta el techo, mientras la voz de mamá subía como una escalera de oro. Mamá sujetaba la mano de Orlando, mientras los dos mecían los pies en el aire.

"Isabel!" yelled Grandma. "What's going on?"

"Every time I sing, whoever hears my singing floats!" Mama explained.

"This is not right, Isabel. You must stop singing!" she declared. "You and the children could get hurt. And what will the neighbors say?"

⊙⌒⊙⌒⊙

—¡Isabel! —gritó abuelita. —¿Qué es lo que pasa aquí?

—¡Cada vez que canto, todos los que me oyen cantar flotan! —explicó mamá.

—Esto no está bien, Isabel. ¡Debes dejar de cantar! —dijo abuelita. —Tú y los niños se pueden lastimar. ¿Y qué dirán los vecinos?

Two days later, three nosy neighbors knocked at our door.

"I couldn't find my pig this morning. Then I saw him floating in front of your kitchen window!" shouted Mrs. Jiménez.

"My goat, too," cried Mrs. Hernández. "I saw her flying in your yard!"

"I heard my cow mooing from next door," whined Mrs. González, "and there she was. Up in the air!"

Grandma turned to Mama. "Isabel, you must promise never to sing again!"

"I don't want to hurt anyone," Mama said. "I promise."

A los dos días, tres vecínas entrometidas tocaron a la puerta.

—No podía encontrar a mi cochino esta mañana. ¡Entonces, lo vi flotando enfrente de tu ventana! —gritó la señora Jiménez.

—Mi chivo también —dijo la señora Hernández. —¡Lo vi volando en tu patio!

—Oí a mi vaca mugir en tu jardín —se quejó la señora González —y allí estaba. ¡En el aire!

Abuelita miró a mamá. —¡Isabel, tienes que prometerme que nunca más volverás a cantar!

—No quiero hacerle daño a nadie —dijo mamá—. Lo prometo.

And that was that. But with each day that passed, Mama grew
sadder and sadder. Orlando and I tried to cheer her up, but nothing
seemed to work.

Then the neighbors who had complained came by to visit.

Y así fue. Pero cada día que pasaba, mamá se ponía más y más
triste. Orlando y yo tratábamos de animarla, pero nada le hacía efecto.
Entonces, las vecinas que se habían quejado vinieron a visitarnos.

"My cow isn't giving milk!"
—¡Mi vaca no está dando leche!

"My pig isn't eating!"
—¡Mi cochino no está comiendo!

"My goat isn't sleeping!"
—¡Mi chivo no está durmiendo!

"I'm sorry about your animals, but I promised I wouldn't sing," said Mama, and the three ladies went home.

—Siento lo que le pasa a sus animales, pero prometí que nunca volvería a cantar —dijo mamá, y las tres señoras regresaron a sus casas.

Everyone was miserable. Mama wouldn't laugh or even smile anymore. "Can you help her?" I asked the healer who lived down the street.

"I will throw these coconut shells and see what they tell us," said the healer. She peered at the way the shells had fallen. "There's nothing I can do. Your mama's spirit is sick."

Todos estábamos afligidos. Mamá ya no se reía y ni si quiera sonreía.

—¿Puede ayudarla? —le pregunté a la curandera que vivía cerca de casa.

—Voy a tirar las cáscaras de coco a ver que nos dicen —dijo la curandera. Ella se fijó en la forma en que las cáscaras cayeron.

—No puedo hacer nada. Tu mamá tiene el espíritu enfermo.

There must be a way to make Mama smile again, I thought. Just then, something caught my eye. "What's in that pretty box, Grandma?"

"Old family photos," she said. "Maybe you can find a picture of your mama when she was a little girl."

I opened the dusty box. It smelled sweet like sugarcane. Closing my eyes, I pulled out a photograph. "It's perfect!" I thanked her as I ran out the door.

⚬⚬⚬⚬⚬⚬

"Debe de haber algo que haga sonreír a mamá otra vez", pensé. En ese momento, algo me llamó la atención. —¿Qué hay en esa caja tan linda, abuelita?

—Fotos viejas de la familia —dijo ella—. Tal vez puedas encontrar una foto de tu mamá de cuando era niña.

Abrí la caja cubierta en polvo. Olía dulce como la caña de azúcar. Cerrando los ojos, saqué una foto. —¡Está perfecta! —Le di las gracias a ella y me fui corriendo.

"Mama!" I shouted. "I have a surprise for you!" I handed her the photo.

Mama's eyes opened wide. "I remember when this picture was taken. The mangos were ripe and music was in the air. You know, Anita, when I was your age, your grandma used to sing, too. I can almost hear her voice now. I miss those happy times!"

I turned and saw Grandma.

⟩⟩⟩⟩⟩⟩

—¡Mamá! —grité—. ¡Tengo una sorpresa para ti!—. Le enseñé la foto.

Mamá abrió sus ojos, sorprendida. —Recuerdo cuando nos tomaron esta foto. Los mangos estaban maduros y se oía música por todos lados. ¿Anita, sabes que tu abuelita también cantaba cuando yo era niña como tú? ¡Me parece oír su voz todavía. Como extraño esos tiempos felices.

Di la vuelta y vi a mi abuelita.

"Look at this picture!" I said. "What happened that day?"

⟨oᴑoᴑ⟩

— ¡Mire esta foto! —le dije. —¿Qué pasó ese día?

"How could I forget?" Grandma said.
"The cow got stuck high up in the mango tree.
I was afraid the neighbors would find out it was
my fault. So I never sang again. My heart is a bitter
grapefruit." Grandma turned to Mama. "All the women
in our family sing. And each is granted the gift of floating
when her first-born daughter turns seven. I was foolish,
Isabel. I don't want you and Anita to be like me."

— ¿Cómo me podría olvidar? —dijo abuelita. —La vaca se atascó
en lo alto del árbol de mango. Tenía temor de que los vecinos se
enteraran que había sido mi culpa. Por eso, jamás volví a cantar. Mi
corazón es una toronja agria. —Abuelita se viró hacia mamá—. Todas
las mujeres en nuestra familia cantan. Y a cada una se le concede el
regalo de flotar cuando su primojenita cumple siete años. He
sido tonta, Isabel. Yo no quiero que Anita y tu sean como yo.

I wanted Grandma to be happy again. I began to sing. My silly tune made Grandma smile. Grandma started humming, and then, in a rusty voice, she started to sing. Her voice became sweeter as we both rose from the ground.

Yo quería que mi abuelita se sintiera feliz otra vez. Empezé a cantar. Mi canción divertida hizo sonreír a mi abuelita. Ella empezo a tararear, y luego, con su voz ronca, empezo a cantar. Su voz se hizo más dulce mientras flotábamos en el aire.

Mama laughed and laughed. Her voice tumbled out like a waterfall, until it became the most beautiful song. And with that, Mama sang a high note and rose up until she and Grandma touched the top of the mango tree. They laughed out loud.

◉◉◉◉◉

Mamá empezó a reírse. Su voz se desbordó como una cascada, convirtiendose en una hermosa canción. Con eso, mamá cantó una nota muy alta y se elevó hasta que ella y abuelita tocaron la copa del árbol de mango. Y se rieron a carcajadas.

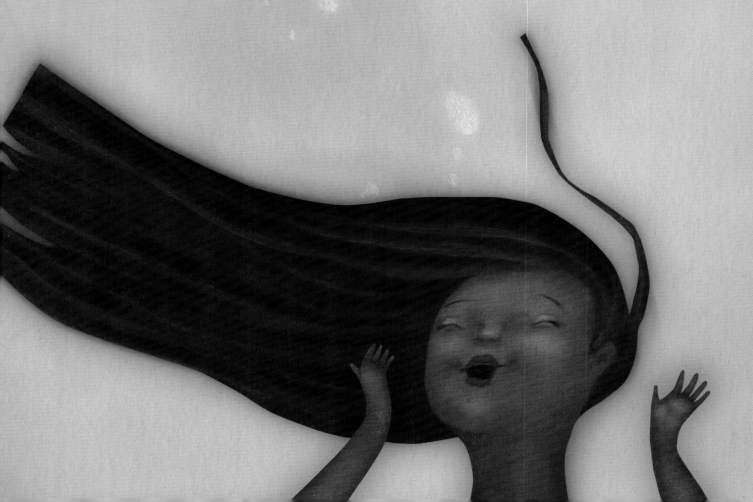

Now Mama sings every day. Our family is happiest when Mama sings, and we all float on Mama's song.

⊚⊚⊚

Ahora mamá canta todo los días. Nuestra familia se siente más feliz cuando mamá canta, y todos flotamos en la canción de mamá.